U0054693

迷路天堂

張期達——著

自序

——如果我是你耳裏一滴眼淚，你說，它甚麼時候會乾？

四月，美國太空總署（NASA）一架衛星，「月球大氣與粉塵環境探測器」（LADEE），因為燃油不足，自動撞毀月球背面。但撞擊點並未規劃，只求避開阿姆斯壯腳印之類古蹟，NASA遂邀請民眾預測撞擊時間，答對獲贈紀念品。然LADEE誕生，主要為解開一道歷史謎題：阿波羅號太空人尤金塞爾南（Eugene Cernan），曾於日落時分，觀測到月球地平線的一抹靈光；所以不尋常，在月球缺乏折射光線的氣體，這道光憑甚麼成形？LADEE的任務，即探問月球大氣層，有無粉塵懸浮，而這些粉塵能否造成光暈。遺憾的是，LADEE鞠躬盡瘁，逡巡月球百日的壯舉，終不能完證它的命題。

殘酷的四月。

我是個城鄉之交長大的孩子，文學啟蒙，不過縣府圖書室與市區一家諾貝爾書局。書局處地下室，一樓則電影院售票口，沿下樓短階梯，左牆總貼附最新電影海報，書訊。通常我會蹲踞樓梯口，等書店開，浸泡幾個鐘頭，母親逛街完再領回。我很熟暱書櫃與書櫃間底地板，除腳麻，顧客打攪，廁所，挑書，多半靜坐翻讀，《亞森羅蘋》，《福爾摩斯》，倪匡，及一些有插圖，想來像希臘英雄，騎士冒險之類故事。店員顯然也忍讓充數，記憶裏並無驅逐的尷尬，喜歡手指給塵埃染黑的癖性，抑或當時養成。嚴格說來，文學功能首要安親，我無庸置疑是個見證。然而，初中讀《三國》，但覺張飛關羽死得鳥氣，新潮文庫的世界名著，更是板滯難嚥。印象不過《白牙》，足證養狼犬極是童年底夢想；《老人與海》，自遠遜漫畫《天才小釣手》底誘惑：我可是真砥礪迴紋針，並著綿線垂釣客廳魚缸。

《惡童日記》，許是最早教我嚴肅看待文學的作品。

某些場合，我如是重述這部小說：一對孿生子，因為母親棄養，克難藺居外婆家，從此成為外婆怨懟出氣，鄰人練拳嘲弄的難兄難弟。但他們很骨氣，既然挨打會墮淚，他們互摑巴掌直到麻痺。既然想念母親會難過，他們輪流學母親說話，親親，小寶貝，我愛你，永遠，直到這類語彙喪失意義。他們變得冷酷，堅強，輕鬆便誘使久違的父親匍匐布滿詭雷的邊境，引爆，再安全無虞地獨自前行。某些場合，我會鏈結漫畫《怪物》裏一張張感覺剝離的臉孔，剩微笑，一種莫名自負：世界盡頭，我一個人走。回想起來，無非人類世紀末焦慮，像壁癌叢生的爛尾樓，鋼筋鏽蝕，外露，水漏聲盈耳，豢養出底絕望與冷肅。不曾想過的是，日後喜愛《霧中風景》，《人造天堂》，《黑眼圈》這類電影，其來有自；對人類所以不甚樂觀亦不甚悲觀，其來有自。

生命不盡是一襲華麗的袍子，長蝨子倒簡單。

開始通勤求學的那些清晨，總與同村幾位高中職生趕公車，我們經常車尾預習顛簸，忐忑，培養轉瞬解體之憂患與錯覺，偶爾綻裂的皮墊下發現扭縮著塑膠袋，不怪蔥花酸腐味一路晃漾。偶爾，該是季節到了，整村霧茫茫像史蒂芬金的夢，每日公車站牌躑躅，青澀亦髣髴一顆二十世紀梨。我閱讀，並未寫作，好似躲進故事裏便足夠慰藉人生底跌宕，與日常憂傷。於是，跟同學結黨金庸，港漫《風雲》之餘，也跑圖書館拜會張大春，劉大任，楊照，繼續漫無目的亂讀。翻譯小說看得少些，《惡童日記》若是門檻，原作者亦難跨越；至於馬奎斯，卡爾維諾與村上春樹，照面不識。當時，最服膺者李敖，返家即電視機聽他評議時事，月旦人物。他是一張填補空虛與自我膨脹的防禦網，很有效。而因為瘋迷，壓歲錢給金石堂換了套胡適全集，順幾本南懷瑾，翻兩頁殷海光，合算周邊商品。因為崇拜，隻身世貿趕赴他禍臺五十年演講，並溜進後臺，為他鏡中佝僂與頸項花圈，猝然神傷。任何時代，難免《百年孤寂》篇末颶風，散場復歸清寂，「這一切大家都知道嘛。」故事裏倭良諾如是說。儘管我迄今沒把握我們都知道些甚麼？我畢竟不是早慧的詩人。

寫詩，純屬意外。創作起點，緣於大學選修簡政珍老師的現代詩。首篇〈21宣言〉即課堂習作，命題帶遊戲意味：屆齡二十一歲，二〇〇一年，又有學分未過半的疑懼，總歸給是年的獻詩。記得簡老師進教室，坐定，興味盎然問起這首詩，問我怎麼用「蛇行」形容油墨，怎麼用「廟堂裊裊的香火」形容股市，還有「遍植死亡于我」為何用「于」不用「於」？諸如此類斟酌，簡老師無不帶神采與雀躍提問著的。我期艾惶昧，迷糊應對，卻覺此生鼓舞莫過於是：噢原來我可以寫詩。我的詩路，便隨著簡老師引薦，從《新世代詩人精選集》出發，邊讀邊學，邊寫邊老，直到此刻積攢底詩稿催索一個段落。《迷路天堂》。詩若是候鳥，願這本詩集，能為牠們過境之安棲。

生命原是一場獻祭。

克里斯哈德菲爾德（Chris Hadfield），是位很有趣的太空人。他常於太空站錄製影像，譬如返鄉前改編大衛鮑伊（David Bowie）的〈太空怪胎〉，瀟灑離情無重力狀態。他也樂意滿足人們好奇，像漂浮時怎麼刷牙，進食，嘔吐等生活瑣碎，一概親身範例。有次克里斯為答覆這樣一個普遍問題：你能夠在外太空流淚嗎？他拿起一水袋，通過擠壓讓吸管注水左眼，然後，水就像有生命般，聚攏，擺盪，張牙舞爪，卻始終黏附眼眶。克里斯說如果你繼續哭，這水球會愈滾愈大，可能橫跨鼻樑連袂右眼，蔓延整臉頰；又或者你拿條毛巾，擦乾它。總之，克里斯擦乾後結論：是的，你當然能夠在外太空流淚。差別在於，這裏眼淚不會掉。

Tears don't fall.

二〇一四・六・八

目次

21 宣言

當我意識到荒蕪背後
對於掌聲的渴求
我已枯槁如溝壑裏一株
將死的水仙

而未來的歷史
是否將我今日的行腳
投影成都市邊緣的一句風聲
或是隱沒人群的一句墓誌銘
我俱無以探知

銀行存放的生命餘額
摻雜多少偽幣

且遍植死亡于我……

在油墨蛇行的泥沼裏
一隻灰羽削瘦的蒼鷺以過客
回答兩百隻鷲鷹心底兩百句肢解的問號
更有無數驚嘆號
集中轟炸一個叫做恐怖的動詞
我俱無以探知
所謂的傷痛
如何由美麗島詮釋

且遍植死亡于我……

廟堂裊裊的香火
依然供養股市的情緒
未來的歷史
是否將文學註解成資本主義的餘孽
我俱無以探知
東方的龍與我何干
西方的血與我何干
只是不忍看鏡內
那張父母攜手揉成的臉譜

且遍植死亡于我。

二〇〇一

長河

這一刻，我猶在
歷史的最末一頁
蠶食一條長河的影子

但梅雨來臨之前
跑馬燈走漏的風聲
已經讓河床的曝光率
攀升到星星的位置
提著水燈的人
站在河畔

站在滿地的瓶瓶罐罐中
擦拭臉上的灰塵
一旁的香腸伯
猶在鼾聲裏
切換電視的頻道

不過，在快轉地球前
是誰吹著口哨
向一隻鉛中毒的鷺鷥
潑灑一大碗爆米花？

踏起三輪車
拾荒者彎起的腰桿
猶如排水溝旁的煙蒂

當機車的排氣管
向夜空擲出一道道
褪色的彩虹
拾荒者依舊徐徐繞行城市的角落
電線桿上的人像
似乎有點皮膚過敏
拾荒者便為他風乾
一張用過的面膜
於是一位即將晨跑的婦人
自惡夢中驚醒
一位宿醉的國會議員
自油膩的髮線間
搔出一片片鈣化的稅金

是以廟堂外
有一群餐風宿雨的旗幟
在　銅像空茫的眼神外
有一群肉食的白鴿
在　菩提樹下
有一群飢腸轆轆的香客
在　朝聖的路上
有一間鍍金的古剎

而我猶在弔唁
一座失血過多的山

那是土石流的壯舉
盜沙者的溫柔
迴響人間
令砂石車不由自主地
擁抱偶遇的生命
令鐵皮屋不由自主地
草草埋葬了自己
令烏鴉結伴
分食一條一條又一條白布下
過期的罐頭

難道我在歷史外
冷凍食品中
找不到一個小市民的輪廓？

雖然報紙每日以刊頭
登載著尋人啟事
街頭仍然
一面倒向流行
新左傾新右傾以至於中分的
髮型，與校規無關
與失蹤的地點無關
與一隻失語的鷺鷥也無關
只有街角的風水師傅
翻閱早報後
開始洗牌
只有街角的拾荒者
回收早報後

才換洗偶像
一層一層又一層的鉛黛

然而意外地
一位女孩的心事
避開眾人耳目
在淺灘開一朵失根的荷花
一位女子的房事
錯過針孔
一位母親的身世
卻在歷史的最末一頁
給潦草帶過
猶如跑馬燈裏
八卦圈外

一些無關痛癢
無關牙縫的
天下事

二〇〇二

路德奧

I

「致偉大的小丑痞德」
昨夜秘密會社第29次聚會
咖啡館B1湧進鬼魂、孩子和銅像
私語一段關於人類胯間
的永垂不朽　妓女們嬌滴滴替他們彩繪
條碼、身份證字號、笑容

「致偉大的小丑痞德」
路德奧想起馬戲團

消失的童年，或一位叫痞德的
第四台推銷員

II

但事情不只是這樣
咖啡館B1遭人縱火後
有關單位向一隻老鼠問訊後
貓吊滿陽臺後
政治明星唱完雙人枕頭後
三位無政府主義者在廣場自慰後
馬戲團在咖啡館轉角
搭棚後，沙皮狗裝腔作勢而
白面警察們　緊握褲袋旁一根
直徑不過三吋的骨氣後

排水溝旁　腐朽的漂木猶對著遠方黃河大壩
低吟綠葉發花痴的那個moment
路德奧　翻越一面牆
踏的是，一根漂木的
笑／冷冷清清悽悽慘慘戚戚的
長城　青灰色的苔蘚
踏的是，騎樓下的老鴇
剛翻閱完的一週大事

還不只是這樣
鬼魂公告咖啡館的火災前
廣場。路德奧盯著太陽
思索轉業的可能
街坊一位過氣歌星準備到馬戲團跑龍套

街坊彈鋼琴的肉販搖起豬尾巴
他的么兒撕下樂譜
摺紙飛機，街坊一位重考四次議員
一位連選連任的交通大隊第三分局小隊長
集資開了家棺材店
信鴿卻被褫奪了言論
自由

III
銅像的足跡
像顆未爆彈，嚷著要國家賠償
一張精準的死亡證明
那雲端落下的
黃沙　吹散人群

也許還有個小丑的名字
綁在紙飛機尾翼
沾惹著早報的緋聞，甜辣醬或是
低脂的　同情心

兩天前，路德奧相信
神。牙縫的餿味
愛情。酸疼的口香糖
聖經。嚼不爛的牛津字典
就像痞德的口頭
禪。計程車司機的檳榔渣
社會福利。政治明星的糧票
文學。一隻腳的麻將桌
就像騎樓下老鴇的

香港腳。鐵錚錚的
投資報酬率。血淋淋的
草莓奶昔

兩天前，街坊
都收到馬戲團的傳單
且在轉角盡頭左手邊的廢鐵場
往右手邊九十九度
看去，一朵永恆的
火

IV

扭開電視機，傾出泡沫
像一瓶震傷的啤酒
叨絮未完成
革命／一個陳腐動詞
懸在嘴角油光中
仁義四端之類的餅乾碎屑；在陽臺
幾隻蒼蠅的羞澀令路德奧
飽　和哀傷

那頭白面警察與鋼管女郎正搖起筆桿
著色火的回憶
咖啡，館，焦黑的
牙　不再說什麼

老鼠們大剌剌走上街頭
咀嚼早報、醬油膏、發癢的自尊
追慕一隻沙皮狗肅清
地盤時昂然
衝出排水溝並同仇敵愾宣示
火。無關乎遊街的
榮耀。無關乎風化的
露三點。無關乎遺傳的
羞惡之心。無關乎失眠的
肉販的孩子。無關乎騎樓下
老鴇陳年釀造
女兒　紅

V

火圈前，有隻貓
挾著雖千萬人吾往矣的
一公釐寂寞，與千萬里外徘徊的
鬼魂、尿急的信鴿
騰空火焰　伴唱沙河悲歌
如銅像一口濃痰，舉靈魂乾杯
在咖啡館B1塞滿史籍和易燃的情緒
等馬戲團上演
鄉親父老兄弟姊妹紛紛
變成無神論者後　落地
贏得掌聲　像從良的小丑

或曾有個藝名叫
路德奧

二〇〇二

迷路天堂

●

偶而有些失憶的名姓
走上餐桌
然後給鬧鈴聲趕下來
找不到座位的清晨
暫時，像必需雙手摀住，消失於鏡頭
在下一則整點新聞前
凡此失路於史詩的
與其賦他以文字，不如
以一盞街燈　伴奏他的經過

不如以更浪漫的方式
開始吃橘子
當作翻閱一部春秋
發春是老調，傷秋是一瓣瓣地凋落
種籽是嗆出的淚
橘皮上的菸灰
是因為有人尋著行道樹編號
　　跑到電線桿佔地盤
　　每天守在同一家店面
　　守在同一張床

●

那人深情地點燃蚊香，寂寞地坐下
整個夏日的蕭索
糾葛在一條樹幹上的領帶
湖畔旁他整理一下頭髮
像隻白鴨
用嘴搔落露水
和一張凹陷的輪廓
臨走前，留下選台器還壓著早報
客廳的沙發空了
餐桌的椅子空了

是以任何一顆早熟的橘子
都該有點酸
像愛情，或其他更天真的
譬如蓮霧、酒鼻、一位年輕的詩人
以及他的鞋櫃

●

然後我們可以
找個晴朗的天氣洗鞋
悼念那些走錯的路
或說是迷惘
在一張彩券生日美麗地錯誤著
某天有鳥飛過
哪一天沒有鳥飛過

趁一些店家尚未撤下招牌前
多點一盤小菜
多看老闆一眼，既然
人生無常，鑰匙掉了總有再來的時候
我們可以謹慎一點
隨身攜帶喉糖
因為這裏有太多需要感言的場合
四季都有人
一夕間，像擱淺的鯨豚
成為珍貴的史料

●

偶而有些藍白相間的帳棚
割據街角
暫時，像車輛改道的號誌
或一顆橘子去皮時
刺鼻的氣味
凡此失路於史詩的
與其賦他以緘默，不如
以陽臺上翻倒的鞋子
伴奏他的經過

經過一片荷花即將盛開的湖畔
經過一線即將退潮的海岸
經過一面沒有電線桿的海洋
經
過
天
堂

二〇〇三

文化展

泡麵的靈魂據說是
防腐劑
那木乃伊便是最早期的
靈魂樂手

飛機的記憶據說是
黑盒子
那兵馬俑便是最誠懇的
記者

頭殼下是腦
黑盒子裏著泡麵
身處秦塚或恐怖攻擊的紀念日
無非傾聽
靈魂
交響樂

蕃茄的政見據說是
和平
那蚊子便是最無辜的
反對黨

熨斗的真實身份據說是
情聖
那坦克便是最不幸的
臥底

果汁機愛蕃茄
熨斗導致和平
落腳天安門或古兵器的展覽會場
是演奏
蕃茄醬的
愛

二〇〇五

煙霧彈

老菸槍藏起的刺刀雖生鏽
刃猶在
逼視
歷史名姓斑駁的黑牆

牆外的墓園
曾蒸餾
得　靈骨塔一座
產業道路一條
老菸槍嘴邊的逍遙雲數朵

之後的妻與清明
都極瘦
約一個置物櫃或兩台車身
他咳
列隊守孝的電桿嘶嘶
致意

咳到醫生勸解除武裝
分析
二手買賣的辛酸沒有市場
長壽
才是勝利

老菸槍始抵制洋貨
跟著口香糖返鄉
一路膠著
鑽進腦殼的鄉音不是文字
遞菸，具體地寒暄

他的妻在廚房
抽油煙
半世紀的風雨不過黃昏市場
到骨灰甕的斤兩

那天
碗碟屏息電話簿翻來覆去想不起
電器行住址
唯雄赳赳的電蚊拍敢吭聲
面對
抽油煙機的沈默

啪！
最奚落的掌聲
獻給

香燭
為金爐一生的千瘡百孔
製造舞臺效果

後臺，歷史仍在索取老菸槍的簽名照
壁虎覓尋斷尾
慌張的肥皂
滑過

洗澡的前提是鏽
偶而請蚊子充當污點證人
也要紅包
自從縣府頒贈好人好事代表
算命仙便斷言
對岸有位新娘等著他
作媒

假婚，外交手腕
日曆在前線不斷割讓
大後方的選台器又喜怒無常
鬧鐘，美人計

或說緩兵
縱容洗衣籃挑食冰箱獨裁
赤腳單挑健康步道
老菸槍藏起的刺刀雖生鏽
刃猶在
與討債公司鏖戰
斑駁的黑牆
有幾道不深的傷口
像妻的髮

那是條好長好長的引信當盡頭
傳來爆竹聲
一個在機車后座環抱
母親的孩子
頻頻回首

二〇〇五

少年犯

大人冤枉，他罩我以蠱魅以塵囂，土製手槍
像冷凍食品上膛，蛤蜊，生猛
字字寫在同齡雛妓身上，是殺手
也畏懼的攝影機指使，子彈，一地堂主嗑剩的花生殼
鏡前的肋排沒有香菜，龍鳳菩薩，也憂慮
再一顆子彈，請銬住我如扳機如一通
社會局的來電，請顯示父母
與我的無辜

冤枉大人，堂主，剛滿十八，初綻的年華
你能想像賓士的威風嗎？當臀部落在精緻染血的胴體
我的靈魂自學號開苞，咿咿哦哦，獵巡
必要的祭品，母親說生來討債，她才是主謀
那中年肥胖的角頭算數不及格，利息，額前的足印
七號鞋，我慶幸還會長大，我會
愈跑愈快，應許你的教誨

機會？命運？那位語音急促的記者
切尋我的家人、導師甚至校長
其實他們癱瘓在警局的木椅，變色龍，歉意需吐舌
需注意使用期限，三年後
擁有全部刑責不再是夢想，咿哦咿哦
是我點了救護車，是我開的槍

打不死的英雄。蟑螂，從木椅下詢問落幕
何時，我的鬍鬚能偵測，生命的G點
法官拍案瞬間，離家瞬間，攝影機亮紅燈瞬間
高度與我相仿的雛菊
在安全島散佈春天的消息，Discovery
我的罪，生態錄影帶一隻初學狩獵的蒼鷹
咿哦兩聲飛回主的臂膀。

二〇〇五

海賊王

I

休館在即
海盜船誇張倒數
一位維修員飛快通過鏡子迷宮
鬼屋冷笑，請他加油屍體　或報銷
船長的鸚鵡

都下海了
夥伴不是潛水就是衝浪
誰聽他悔懺　同情他憋尿美意

海水不會更鹹　不會腎虧
他卻佝僂著

拴緊鏍帽，做做樣子
彷彿有廣播說
孩童走散　彷彿有救護車嗚嗚
便輕抓方向盤的
那般嚴肅

意識到命運
意識到星海羅盤
現場預錄　意識到他的藏寶圖
僅有數字的薪資袋　空的
因為匯款

唯銀行服務的船長
曾致電關心，要去他的地址
寄來優惠傳單
鼓勵他　直說沒關係
這是公司電話

手機沒電
此刻，他孤立甲板猶如教堂
誤闖隻流浪狗
翻尋長椅間掉落的
麵包之類

他吆喝著趕狗
此起彼落　遊客句句驚呼的讚美詩
如聖靈頷首，為他的大義
為人們的潔癖
為一切善

休館在即
海盜船誇張倒數
他是被愚弄的拆彈專家或恐怖份子
怵惕　一顆氣球
牽著哭聲走

II

地圖是多餘的
一位歐吉桑出門遛狗
經過公園、販售折價券的書店
和許多公車站牌　驚覺
狗迷路了

傷心的他，四處協尋
某天，兒子帶回隻機械鸚鵡
說是解悶，隔天
歐吉桑就燉來說
有爽快

爸爸捕魚去。

二〇〇六

豹

他是一頭　豹
如你預測，是那樣文謅謅地
給人洗牙　等麻藥退潮
再為自己鼓掌　頂著彩球　跳芭蕾
他就這樣野性地　凹凹凹
吻過你額頭、臉頰　活過今天
慶幸自己愛過　至少
禮貌上　鯊魚愛他

二〇〇六

俄羅斯輪盤

逃獄的想法
每天一把左輪靠額角
東敲敲、西敲敲
雪山隧道
怎麼鑿成？

典獄長有靈
闔上農民曆與死囚檔案
輕嘆，急什麼

已經進入司法程序
總會輪到你

二〇〇七

以鑑賞期故

菩提薩婆訶東方的國度

無從預想
那孩子將赤裸甦醒於一個漆白的夢
潺潺水聲，光束，雀鳥啁啾
人影，一雙溫熱手掌
他的肉身，捧起
繼而出公廁
像　一首聖歌
無憂無慮　像是一對情侶

剛從夾娃娃機
體驗接生　喜悅

菩提薩婆訶東方的國度

儘管入殮前
受洗　他的靈魂始終出廠值
無罪　一罐征露丸
鎮壓不住腹痛
亦無罰　一隻公墓盤旋的烏鴉何須感化
無審判　誦經聲
火爐邊呢喃
亦無愛　睡前一杯熱騰騰的牛奶
五濁惡世

不妨一抹幸福
的　飛白
菩提薩婆訶東方的國度

二〇〇七
二〇一四修訂

涮

無意發現一本前年的行事曆
嶄新，猶如剛上架的詩集
頁頁警句
沒理由再版

二〇〇七

百慕達

墓前
一位風水師搖搖頭
他從磁磚的裂縫
窺見亡者的隱疾
從兩側榕柏的憔悴
重溫生者的疲憊
他嗓音一沉
嚴肅地說
這裏早該整修

別讓周遭的墓園
阻礙視野

幕前
觀眾不住點頭
這齣經典的悲劇
原由艱澀的對白負責
意外的鼾聲
卻讓誓死的情人
還沒說出最關鍵的臺詞
便皺眉自刎
留下導演一臉錯愕
編劇沉冤難雪

燈光則冷靜黯淡
彷彿為容納即將的掌聲
與如夢初醒的
我們

暮前
有名學童
蹲坐池塘邊自習
身旁的婦人雙手叉腰
冷看隨菜價飆漲的水位
收音機興致勃勃
分享高官的理財規劃
貨車裏的男人
臭幹譙兩句

也想不透
自己做錯甚麼？

二〇〇八

登徒子

設想有一扇子
可搧風、點火、趕蒼蠅

一邊是中國哲學史
一邊是寫真集
突然好想邀那群憤世嫉俗的同志
回廣場賞月

還記得上回自焚了幾粒火種
焦頭爛額了幾位部長？
我們削蘋果剝橘子嚼檳榔種草莓
把政府罵得像塊土司
自己像塊肥豬肉

而今，我們不再猛乾汽水
不再室外燒炭
廣場成為絕食者舞臺
只怕扇子還在
蒼蠅還在
爭執一個形上學的問題

最可憐眼前這情種
躡手躡腳
獨立寫真集封面，攔截
兩飛彈

就是花好月圓

二〇〇八

薄冰

沸騰之後
濟之以茶葉
讓委屈的歲月得以伸張
像聽倦潮水激辯的海藻
等歷史曝曬
成一塊翠綠的　苔

但一塊海綿如何擦拭皮膚的皺摺？
白砂裏頭總有碎酒瓶
刺探輕狂年少

倘若人生從此戒慎恐懼
何不封鎖海岸線？

最好規劃保護區
再以生態之名豢養彼此的尊嚴
正職是嗜竹貓熊
兼差是專家代幣
終日鼎沸
繼之以泡麵

二〇〇八

不不

這臺摩托車
想也習慣朝九晚五的日子
早有不咳兩下
不足以驅逐的寒意
不常打氣
不能夠酬對的崎嶇
不自動熄火
不見得沉澱的欷歔
也難怪
我再三跺腳

它依舊老僧說禪
不畏痛風，亦不戀棧狂飆的歲月
兀自表演起所謂
跌停

二〇〇九

一〇一個笑聲

闔上書，默想
她應該就是我的前世了
但問題是她，還活著
活在跨海那端
一張赭紅的躺椅
養貓，博學，無可救藥的健談
卻又甘於寂寞
崇尚遁世
卻又在購物頻道裏
醞釀詩的想像

而矛盾實際不存在
就像殯儀館可以烤肉
看守所可以著述
記者會可以扔鞋
恐怖主義
不過互揭瘡疤
傷口之間並無所謂悖論啊
難怪她的詩比我坦率
浩瀚的詞海裏
她這樣一隻自由的毒水母
螫人，更多時候

只是漂。一頂僧帽
絕緣於紅塵
偶爾盛起三兩句偈
焚燬於深夜的燐光之中
哪怕歷史怎麼重演
都不改她愛吃果凍與反戰的事實

但我不解的是
她既沒做過某組織的頭目
亦不曾為某些政客
寫過講稿，她畢生的得失
唯木桌下打盹的貓
與我能衡量
一切因果

信用卡刷爆前
仍屬宇宙論範疇
她的言說，幾時寄有嚴肅的寓意？

於是我又翻開
悲劇的第六幕
試圖在轟堂響起的掌聲裏頭
辨識她
噎在喉嚨的
第一百零一個笑聲

二〇〇九

蛇杖

從　複製人斷掌
機械蒼蠅　到
只是虛掩的手術房裏
猩紅長袍　到
薑餅人奔喪後的
英式午茶　到
尼姑庵之鐘
響

我才啞然體會
臨陣脫逃
不是他痛擊敵軍的手段
當勝利的號角
空鳴焦土
他早蓄起山羊鬍
笑別候診病患
言師採藥
去

二〇〇九

風暴後

又一艘油輪泊在岩岸
他垂頭喪氣
旋緊一個塑膠罐

這島嶼
還能受孕嗎？

實驗室
各種試劑儀器正熱烈
風險評估：生態的、觀光的、政治的……

情況不樂觀
然而也不悲觀

珊瑚礁能否保育
船隻是否漏油
跨國興訟可否勝訴
有使命感的人生會不會更幸福？
都等檢驗結果，再說

撞進死巷
方知轉錯了彎
我們原是漫無目的
依本能行事的

一群豺狼
獵尋屠宰場
死忠推崇華爾街金童與欲女的童話
婚姻觸礁
還有自由經濟

威而鋼

二〇〇九

註：
「小而精小而強小而巧」為中華民國國軍發展口號，概念應如威而鋼。威而鋼，藥名，主治男性勃起障礙，成功率約七成，以超克心因性障礙效果最好。

陪考

水鳥盤旋
當風吹亂樹的頭髮
陽光開始質疑
風的立場
給我一把紙扇
我是路旁避暑的
考生，必修的經濟學勉強及格
選修的兩性關係
報告高分
生死學等會補考

汗顏的我
還想不起昨夜
父親囑咐過哪些考古題
唯有水鳥
無視我蓬頭垢面
無畏烈日
乘著風，殷殷打聽
漣漪湖面的
鐘聲

雞酒

一隻蛾飛進客廳
母親說，雞酒煮好囉

一隻蛾繞燈旋舞
（不時擦撞，缺乏技巧）

一隻蛾險些被衛生紙包抄
（我埋首追趕，總算）

醺醺然一隻蛾倚牆動也不動
（別理他，母親說）
父親愛吃雞酒。

二〇〇九

原鄉

——作為不怎麼格調的情人
至少，在回歸陌生同時可以有點倨傲。

我反覆思索所謂溫柔
也許，就是讓他徹底保有自己
無邊的鄉愁

畢竟，留不住的佔絕對多數
黑壓壓的多數，我寧願作那傻子

白晝擎著燈的卻不是我
我是深夜拿影子餵養理想的莽漢
堅拒歲月崩坍，一如桂花巷口逡尋的騎士

無所謂童話，只是迷路
在無助中專注閱讀南北路標以及泛黃地圖

路人幫不了我，而你
與誰攜手走向燭光晚餐也不過是
騎樓流轉的跫音

之一。至於我穿戴不起的記憶
清道夫怎麼處理是他的事

靈魂的坦裎，就無償送給無家的那些
穿戴整齊的人影中
我不作最邋遢的先知
我只是為美食節目驅策
路過的朝聖者，你們悲憫眼底的異鄉人

二〇一〇

反正

在顛倒的世界裏
我的左眼變成右眼
走在天花板上
歲月漸慢。回憶
睡醒又少了一點
開心即哭
難過自然大笑
電視變成鏡子
刷牙漱口的時候驚覺
政論與綜藝節目全跑進鎖碼頻道

窗外沒有鳥鳴
上帝孤伶伶靠站電線桿
沒帶鑰匙
誠徵鎖匠

在顛倒的世界裏
我恨那些我愛過的
季節從寒冬啟碇
赤道飄雪
恆溫動物轉戰冷血動物
電腦維修人腦
情話須要下載
遺書暗藏病毒
誓言是虛擬的防火牆

過期的軟體
沒有授權，不能更新
心情還是去年秋天的版本
總期待炎夏
能不發表幾篇颱風
就不潰堤幾滴眼淚
我卻記不得有無春天
像貝殼沙
記不得海浪的濕吻
只依稀印象
遠方有個恆春的小鎮
年年，落英繽紛

在顛倒的世界裏
我的右耳沒變成左耳
它消失了
在梵谷的展覽會場
巡房的醫護與家屬殷切的談吐中
點滴消融
每個力圖振作的時刻
我皆認真考慮愛那些我恨過的
買張公益彩券
或認養幾位衣索比亞孩童
營養午餐之類
並由衷祈禱
腸病毒的疫情不會擴大
存摺的餘額不會減少

我恨過的
從來沒愛過

二〇一〇

迷路天堂

長考

世界的盡頭，有臺機器
能剔除悲傷如稻穀
只留時間，雪白，氤氳
叼菸的老者在棋盤放一枚白棋

我亦將逡巡櫻花盛開的國度
遊客般古寺觀禮，擲銅板
敲鐘，穿和服的女子
趿著木屐朝廟會走去

誰也不須注視乞兒的襤褸
街角的花圈，以及與女子錯身
閃進居酒屋的記者
生命的酸楚有字幕機整飭

我又何必理會
人們邊嚼口香糖邊吞嚥的話語
舞臺沒有我的位置
我只是一聲冷笑，漆黑的觀眾席

確認他們的故事如彩排
如撈金魚小販
恭謹盛接餘生的顫動
看穿遊客瞬息交替的狂喜與懊惱

哪裏還有殘局
我也該從櫻花盛開的國度歸來
拎著一袋清水，笑談
黑子死活，戒菸的曾經

二〇一〇

焚風

電風扇老了
一抬頭
就像骨質疏鬆的雷達
嘎響
一轉頭
又像離鄉背井的電報員
嘀咕
唯有低頭教它沉默
很沉默
像擦完澡

晾在舊報堆的槍械零件般沉默
倔強地
當養老院的醫護
一一
為同袍蓋被
當蚊香
也撤離最後哨點
榮退的它
還不相信
冷氣機
會將並肩作戰的歲月
說得口沫
橫飛

二〇一〇

假戲

當我開始為她感到悲傷
你亦搬離，藤蔓孳乳的城墟
不攜帶任何一片烏雲，或彩霞
藍天原是一時興起的壁紙
膠黏在迎風易潮的
泥牆，即便入夜繁星點點
盡是化學作用的螢光

但她還沒開始為我感到悲傷
她才潛逃，某個陰鬱多雨的國度

同你一般猶豫，終而放棄
居留權。唯她本意漂泊
你卻像愛睏的孩子
一頭栽進濃霧的懷中

那時啊，我連她戴牙套與否
寂寞如你與否，都不設防
誰說霧後一定晴朗

然我怎能讓她為我感到悲傷
繞口令的遊戲，你我都膩了
點綴歲月該有更保險的辦法
為她讀首情詩，或借用賣場裏的花束
屈膝胡謅一段獻詞，彷彿

鑽石真的永恆，塑膠花真會凋謝
而我就要在眾人祝福下
獲得鉅額賠償

二〇一一

轟堂

他們笑得多輕鬆
當您提起戰爭
筆桿對槍桿的挑釁
當您提起海嘯
讀詩，不失為某種傲岸
他們笑得多開心
彷彿，只是選前幽默
災難片逼真特效
彷彿，在知識殿堂陶冶性靈
難度不亞於家政課

烘焙一塊餅乾
您怎不詫異
他們銀鈴般笑語
影射一具具膚色焦黑
或許還輻射超標的　肉體
就算一首詩理應單薄
如襁褓裏的嬰孩
啼哭再洪亮
敵不過聯軍轟炸
更壓不盡黑水嚎啕；
微笑的您
怎不側耳聽聽

二〇一一

流年

流年
爆竹
古廟森嚴的皺褶
香客膜拜
解籤的老頭巷後點菸
旅人合影門神
光明燈一
名姓一
牆一
不堪盡數

蜂巢般的空格
必要時
堅決做位泛神論者
沒必要就
熄燈

二〇一一

中秋

秋後
田埂難免荒涼
稻稈一壟
一壟
瞻仰直竄青天的黑燄
返鄉的
鷺鷥都走了
蓮葉
無風搖曳
去年賣蓮藕的攤子

還來嗎
那輛小貨車
與躺椅
是否健在
人呢
到家沒

枕歌

結束當一切應該結束
像六月蟬鳴
雀群巡弋即將入漿的稻

昨夜已不復記憶

風吹斷不斷一條街的燈火
一桿破布
專心替稻草人hiau

二〇一二

禽牢

必是愛惜羽毛
市場的雞籠
餉午
還鷗鷗的啼

二〇一二

國軍On-line

海線無戰事，只有幾名國軍
為秋颱灑下傳單

傷腦筋

橫屍沙灘的漂流木數萬
國防部如何撫卹

消波塊不知道

綠蠵龜產卵
聖嬰世代　以何談論敗德

二〇一二

迷路天堂

臉紅

她笑稱我收穫了愛情。
「只是不知何時收割？」我說

但我怎捨得收割，
一株娉婷的葡萄樹，
開花便開花，結果便結果，許多季節過去
我撿樹蔭下的笑聲釀酒

二〇一二

運動員

每當生理時鐘走到跑步那格，即便半夜
他渴望上街　燃燒脂肪

洗肥皂劇前，總得做些有意義的事：
讓雞蛋飛　或者　趁雞蛋還沒飛到總統府

高興一個晚上就好

二〇一三

獵豹

當世界以豹馳之姿向我撲來
我聽見麻醉槍上膛
與獵槍無異

一孩子尖叫之餘
摘下3D眼鏡揉眼睛

二〇一三

戒斷

必是開刀後遺症
竟眷戀起全身麻醉
醒時一片白茫

這場不宜操之在我的手術啊到底
截斷我人生哪一部分？
我的失落一向健朗

迷路天堂

像一位經常放盡氣力的鼓手
驟然聽見布拉姆斯
垂暮的嘆息

幾克拉不是我的問題

二〇一三

罷工

兩眼浮腫
不能看電視了
道德是一幾何學問題
我嫻熟代數
客套邏輯
偶見腳趾頭自毛襪露臉
小寂寞
又有勇氣拾起
剪刀、膠水、另一個漫焉無解的假期

積極規畫人生
逛便利商店
工作、工作、工作
計算紙塞爆外套
這回或能
離馬路旁那位吸食強力膠的男子
近一些
在靈魂的工業區
陪他看雲
哪怕一黃色塑膠袋鼓脹復鼓脹也
不擠兌
一滴道德教訓
哪怕現實這怪獸腳壓沉甸也
不強迫自己

鼻酸了
還深深深呼吸

二〇一三

赴約

孤坐多雨霧的盆地
他的國，似缽
沒有冗餘

一切收編國有，天缺臣民
沒有哀悼須列席
沒有邊防
只要樓上鄰居該吃飯吃飯該睡　睡

他的國　宅
雖宅　盈滿天啟
一碗獨享的清湯麵
一位少女嬌甜甜的讖語——

若干年後
在橋頭，橋頭
雨停時有人等你

二〇一三

還在

亂石堆
你專注而好奇
我也是　喜歡
不保留
寵一個人有沒有極限？
隨便　沒有春天
桐花照開
早是早了
亦旋落如蛺蝶
若嚴冬　躲進我大衣

暖暖　怎
在意冷鋒
拽動風車　樂音
譜寫　廊廡
風鈴說
你停下腳步
聽我　即便我們未曾
或已　攜手
茶壺山石徑
多彩的蜥蜴
一溜煙
游向北投的溫泉

二〇一三・四

旗禱

一面國旗
夠一個成人蓋嗎
夠一個嬰兒蓋嗎
夠一位賭徒
打包他的小指嗎
夠一位姘夫
遮掩他毛茸茸的小腿肚嗎
夠一位靚女
球場宣揚玲瓏的國威嗎
夠一位寡婦

追思懷胎的十月嗎
當孟加拉的成衣工廠
廢墟中
踩空縫紉機
敘利亞的煉油廠，槍聲中
協議和平
一面國旗夠不
夠亂蓋：
白宮網站連署破十萬
軍艦團購價
加碼還送
自由、民主與
人權嗎？

出

在礦坑最濕滑的岩壁
燈，鍬，濁重呼息

簌簌滾落的煤屑
某年豐收積澱的笑語

發薪日，我的新娘著白衣
一盞白燈籠靜好門前

家燕出入頻仍
學飛，仍是季節懂得別離

紫霧散去，一叢叢玉穗
阿勃勒仰望湛藍無匹

啊我多麼想　教一條絲織霓虹
平整棲在她的枕沿

我是隨晨霧去了
無預警　踩響一片蟬鳴

二〇一三・六

月橘

關於第戎我考慮得
頂多　偶爾厭世的盧梭
如何就為一陌生女子
說服，無數甜食左右的晚宴
人類的命運，牙醫的老花

至於普法戰爭的韻事如何
就為一杯葡萄酒，淡忘
纖毫，我的關心，並未

距離聖母院太遠，貓頭鷹
自飲其淚足矣，然則

整城貓頭鷹，教我不得不
本質思索喜劇，香檳區
鐵匠街，資本主義大勝
遂有折扣季，邏輯，芥末
一個幽靈瑟縮輕軌車座椅

但我介懷者無非第戎
一愛百合勝過薔薇
無懼政客，卻深懼蟑螂
敏感於意識型態，又怕癢
一女子，該從何說起

家鄉的月橘昨夜開了

二〇一三・六

初經

以神的旨意，我死後將會更愛你。

——Hannah Arendt

晨曦
照亮海德堡一條小石徑
水霧的瓦牆
青苔
掩護彈孔
一隻警犬躂躂躂
拐進暗巷
排練完
鴿子魔術

幽靈告退廣場
窟窿、
　窟窿
推牛奶車的人
自楚浮一部電影歸來
有點煩
愛如何籌劃？
桌上海德格還沒回答
床前
一少女
挽起她長髮

二〇一三・十

謬思

隔壁裝潢倥倥倥一上午
幸好我早為你的壞脾氣醒來
嗑了杯重烘焙
打了些噴嚏
還翻了你央我買
「藝術無關政治」之一本
衛生紙詩刊

欸——

你令人啧奇之第六感

二〇一三

廣場某

你可以不叫我棗子
史籍除名者不差一句抱歉
曾經，採菊「東」籬下就是通匪
多稱頭的恐怖分子
飽學之士，都怕學院幾隻鴿子
鴿子最擅長和平與拉屎

當無罪的人撿起石頭
我能不是瓦片？

乾脆，「團團」或「圓圓」
棗子隨你黑白切

但憑著　蔣公銅像之遺址我請問：
這鳥籠還養不養鴿子？

二〇一四・一

註：
臺灣戒嚴時，因書「採菊東籬下」，疑為毛澤東宣傳而列黑名單，為伯父故事。解嚴後，中國贈兩隻貓熊，名「團團」、

「圓圓」；其愛之結晶體，小貓熊「圓仔」，命名依網路票選，無政治意涵。

學究

書隨意仆床
環地中海一排鱗次粉彩
帆影，鷗聲，戴墨鏡遮陽帽的女人
嬾嬾的風
呵癢貓背般的山巒

遽爾一噴嚏
幾艘非洲難民船鑵鑵胡椒打翻
漾起浪花如一位浪漫主義者之鬢霜

一紫斑蝶
搧動牠的翅膀

二〇一四

迷路天堂

演繹法

每當我思及愛，本質
慾力，如何加諸虛空
晨跑或夜奔，在綠幕
科幻這個世間某種深
情，比之海芋與霧霾
那些以愛為名的浪擲
疲軟從海中尋回的漁
網，不得不欣羨蜉游
或將堅持萬年的保麗
龍之屬，面對儀器也

無懼色一強悍結構體
存在即實踐，即證明

二〇一四

聖徒

One man loved the pilgrim soul in you.

——Yeats

哪怕粉身碎骨，朝聖者的
嚮導並非，夜裏最亮的星
當眾人肅穆，你眼中隱約
像個孩子睡前為同學禱告
約瑟夫，願主醫治你的腳

而你璀亮的笑容光照朝聖
者的愁容，彷彿愛，止於
蜂鳥們跳躍嬉戲的櫻花樹

絳紅的小花瓣，傘兵旋落
約瑟夫裹腳的石膏，寫滿

輕易，但磐石堅定的信諾
宇宙因此無邊無際也未可
知，然稱職的朝聖者必要
為你駐足，且讚美這甘泉
願主讓我代替你，約瑟夫

二〇一四・三

無限

阿基里斯追龜，阿基里斯趨，龜亦趨，
每趨距離輒半，半之又半，至於無窮，
則阿基里斯恆不逾龜。

——芝諾悖論

關於無限，我走向你阿
基里斯應有好看的捲髮
湛藍眼眸與厚實的胸膛
一白種人，純粹，多毛
進化論優生學殖民後殖
民，覬覦不忘彼此女人
噢我們多麼相似，可惜

神祕的東方尚未褪盡她
絲綢織的衣裳，達文西
竟已完繪人類理型，終
極定義的善美阿基里斯
你的精子是顆核彈，瞄
的這星球，迴轉的衛兵
非洲向你輸出奴隸，澳
洲寬贖你底罪民，美洲
摹倣你而我的亞洲再摹
倣，真誠就是詩，抒情
寫意，波羅底海所慾望
者的，烏髮垂肩一不老
族裔呵啟示貞子無限嬌
媚，何等榮耀的王座教

我羞慚，敗退，成俘虜
抽象而具體，野蠻而高
尚阿基里斯，我鍾愛的
悖論哪你何必追著烏龜

二〇一四・三

註：
貞子，日本電影，一喜自電視竄爬而出之女鬼，秀髮掩面，婀娜多姿。

啟示

恐怖
某學子抗議綠色恐怖
青椒
一定是青椒
不流血
不容易失蹤
被盤查
菜園旁的電線桿也無特務助陣
真炒起來
左鄰右舍鮮少通報

再嗆
不流幾滴子彈
不會考
蔬菜還水果
那是蕃茄
蕃茄醬最好別沾到白襯衫
但青椒的確
很獨
深藏不露
很多被騙過的孩子終身不敢挑戰
死人
倒無所謂

二〇一四・三

翻牆

這是血價，不可放在庫裏。

——《馬太福音》

貓一般翻牆，在青島東路
規訓的身體嘗試覓尋出口
清潔隊員拉開罐頭，敲擊
地面滾動幾枚銀幣，掙扎
雞啼以先餐風露宿，或者
流淚當催淚瓦斯釋出之後

假使鼓掌，總要通過甚麼
願向日葵開滿休耕的城郭

二〇一四・三

彈跳

雨夜聽你論說正義，我不覺陷入
咖啡與菸的循環辯證之中，難解
人下墜的時候，若感受不到重力
那個誰，鍾愛極限運動為了甚麼
髣髴溪澗裸石一隻蝴蝶，飄飄然
慾望整個世界底寂寞，再多罣礙
縱身一躍，輕易就擁吻這顆星球

二〇一四

禽傷

一隻鳥要飛多高
才看得見長頸鹿流淚？

二〇一四・五

水鹿

最值得傾心的美或許
不存在，除非你走向我以水鹿底優雅
我將是清澈的溪澗，蜿蜒
為親吻你的足跡，獵戶般謙卑
警敏，如老練的園丁
輕易能辨識哪棵樹最先
昭示豐年

二〇一四

讀詩人53　PG1225

迷路天堂

作　　者	張期達
責任編輯	段松秀
圖文排版	莊皓云
封面設計	蔡瑋筠
封面繪圖	詹莊軒

出版策劃	釀出版
製作發行	秀威資訊科技股份有限公司 114 台北市內湖區瑞光路76巷65號1樓 電話：+886-2-2796-3638　傳真：+886-2-2796-1377 服務信箱：service@showwe.com.tw http://www.showwe.com.tw
郵政劃撥	19563868　戶名：秀威資訊科技股份有限公司
展售門市	國家書店【松江門市】 104 台北市中山區松江路209號1樓 電話：+886-2-2518-0207　傳真：+886-2-2518-0778
網路訂購	秀威網路書店：http://www.bodbooks.com.tw 國家網路書店：http://www.govbooks.com.tw
法律顧問	毛國樑　律師
總 經 銷	聯合發行股份有限公司 231新北市新店區寶橋路235巷6弄6號4F 電話：+886-2-2917-8022　傳真：+886-2-2915-6275

出版日期	2014年11月　BOD一版
定　　價	200元

版權所有・翻印必究（本書如有缺頁、破損或裝訂錯誤，請寄回更換）
Copyright © 2014 by Showwe Information Co., Ltd.
All Rights Reserved

Printed in Taiwan

國家圖書館出版品預行編目

迷路天堂 / 張期達作. -- 一版. -- 臺北市 : 釀出版, 2014.11
面； 公分. -- (讀詩人 ; PG1225)
BOD版
ISBN 978-986-5696-46-7 (平裝)

851.486 103019122

讀者回函卡

感謝您購買本書，為提升服務品質，請填妥以下資料，將讀者回函卡直接寄回或傳真本公司，收到您的寶貴意見後，我們會收藏記錄及檢討，謝謝！

如您需要了解本公司最新出版書目、購書優惠或企劃活動，歡迎您上網查詢或下載相關資料：http:// www.showwe.com.tw

您購買的書名：________________________________

出生日期：________年________月________日

學歷：□高中（含）以下　□大專　□研究所（含）以上

職業：□製造業　□金融業　□資訊業　□軍警　□傳播業　□自由業

□服務業　□公務員　□教職　□學生　□家管　□其它_____

購書地點：□網路書店　□實體書店　□書展　□郵購　□贈閱　□其他

您從何得知本書的消息？

□網路書店　□實體書店　□網路搜尋　□電子報　□書訊　□雜誌

□傳播媒體　□親友推薦　□網站推薦　□部落格　□其他__________

您對本書的評價：（請填代號　1.非常滿意　2.滿意　3.尚可　4.再改進）

封面設計____　版面編排____　內容____　文／譯筆____　價格____

讀完書後您覺得：

□很有收穫　□有收穫　□收穫不多　□沒收穫

對我們的建議：________________________________

____

____

____

請貼
郵票

11466
台北市內湖區瑞光路 76 巷 65 號 1 樓
秀威資訊科技股份有限公司 收
BOD 數位出版事業部

（請沿線對折寄回，謝謝！）

姓　　名：＿＿＿＿＿＿＿＿　年齡：＿＿＿＿　性別：□女　□男

郵遞區號：□□□□□

地　　址：＿＿＿＿＿＿＿＿＿＿＿＿＿＿＿＿

聯絡電話：(日) ＿＿＿＿＿＿＿＿ (夜) ＿＿＿＿＿＿＿＿

E-mail：＿＿＿＿＿＿＿＿＿＿＿＿＿＿＿＿